ALFAGUARA

Grup Promotor

ALFAGUARA **Grup Promotor**

www.alfaguaraij.cat

ALFAGUARA

Grup Promotor

www.alfaguaraij.cat

Frederic Mompou, 11 (Vila Olímpica)
08005 Barcelona
Telèfon 93 230 36 00

ISBN: 978-84-8435-509-0
Dipòsit legal: M-40.013-2007

Primera edició: març 1999
Novena edició: setembre 2007

Disseny de la col·lecció: Manuel Estrada
Edició: Margarida Planes Ferrer
Assessorament literari: Pere Martí i Bertran
Assessorament lingüistic: Àngela Buj Alfara

Printed in Spain

Segrestats d'incògnit

Estrella Ramon

Il·lustracions de Petra Steinmeyer

ALFAGUARA

Grup Promotor

A Pedro Guerra, Silvio, Joaquín Sabina i als del Cau del Llop,
que cantaven mentre jo m'empescava aquesta història
(o mentre aquesta història se m'empescava a mi).

A Marcel, a Heik i a Jeremies McBrut.

A Pere i Àngela, esporgadors de paraules. Gràcies.

1. Amb «u» d'ulleres

I res, que tot just aquell matí, la sirena d'entrar a classe no acabava de sonar, malgrat que al meu rellotge ja eren les 09.01 h.

De primer, vaig pensar que potser al meu rellotge li havia agafat un atac de gana i es menjava el temps a cullerades més grosses que els altres; que en lloc de fer tic-tac, tic-tac, potser feia tiquitic-tacatac, tiquitic-tacatac i que, com que era digital, doncs, jo no me n'adonava per més orella que parés.

Però no.

De seguida vaig descartar aquella hipòtesi pocasolta.

El meu rellotge anava bé. Anava exactament igual de bé que el del campanar. No era qüestió de rellotges, sinó més aviat de qui els portava. I, sobretot, de qui els portava i no se'ls mirava. En poques paraules: de l'Amadeu.

De segur que l'esmentat Amadeu (tutor de Cicle Superior 1-B i més conegut com l'Ama«nou», l'Ama«onze», l'Ama«enze», etcètera) rondava pel passadís, donant conversa a la senyoreta Snow, la senyo d'anglès, que es diu Neus *and is the most beautiful* senyoreta de tota l'escola.

Per això, contemplant-la, no es devia recordar ni del dia, ni de l'hora, ni que –al pati i en candeletes– l'esperàvem els seus vint-i-cinc alumnes, és a dir nosaltres, que feia exactament dos mesos i nou dies que érem l'esmentat Cicle Superior 1-B.

La que sí que es va posar a la fila, a les 09.02 h, va ser la meua amiga Vera. I va arribar presa d'un fervorós atac d'entusiasme proFerran:

–Ostres, Marta! Que fort! Increïble! Quina passada! Les has vistes?

I jo ni cas, girada de cul i fent-me la despistada mentre sentia la trompa mocosa del Ferran interpretant una Sonata en Moc Major, que riu-te'n de tots els elefants del món mocant-se alhora. I és que, entre les moltes habilitats del Ferran, cal destacar la de mocar-se contínuament perquè té cabassades d'al·lèrgies.

–Si he vist què?

–Les ulleres, dona! Ves què ha de ser? Les ulleres del Ferran Sanmartín.

–Ah!

I com qui no vol la cosa, vaig concedir donar un desganat cop d'ull a la suposada meravella, en forma d'ulleres, que aquell matí guarnia la cara del Ferran.

M'hauria volgut fondre allà mateix.

Val a dir que, si bé ell continuava gastant la mateixa cara de brètol de sempre, sense cap novetat digna de menció, les ulleres que hi portava a sobre, penjades en precari equilibri d'orellota a orellota passant pel seu nas mocós de baldana ganxuda, sí que eren una meravella espaterrant: l'horror més fastigosament meravellós del món en forma d'ulleres d'esquiar, amb vidres d'espill, muntura anatòmica ultralleugera i color groc fosforític enlluernador.

Vaig quedar-me amb la boca oberta i sense cap possibilitat ni de tancar-la, ni d'articular paraula.

Quines ulleres!

–A l'hora del pati li penso demanar que me les deixe –va continuar la Vera.

–«També les demanaré i guapíssima estaré» –sospirà la Pepa-Pipa, picant-nos l'ullet.

La Pepa, a més d'alimentar-se bàsicament de bosses de pipes, és la reina del redolí en directe. Mai no perd l'ocasió d'amollar-te'n un i se'ls empesca com si res. De vegades, m'he plantejat si no deu tindre una màquina redolinera empeltada al cap.

I encara sort que la sirena de les nou es va decidir a sonar d'una vegada (a les 09.04 h, que ja era hora!) estalviant-me la vergonya d'haver de confessar a les meues amigues que les ulleres d'esquiar del Ferran Sanmartín em semblaven la passada més grossa del mil·lenni i que, com tots els altres de la classe, jo també em moria de ganes que me les deixés emprovar.

El problema bàsicament consistia que, considerant la mala mania que ens teníem el Ferran i jo, les ulleres, no me les deixaria mai de la vida. Aquesta era la trista realitat i la trista realitat la sabia jo, la sabia qualsevol terrícola amb dos dits de front i la sabien tots els extraterrestres que es passejaven per la via làctia.

2. Plou i no fa sol

I des d'aquell moment endavant, tot, però és que tot, va anar redolant cap al desastre.

L'Amadeu, que als matins està que diràs que li han donat corda, va batre el rècord mundial d'omplir de fraccions una pissarra i nosaltres, campe qui puga, miràvem d'anar-les repartint per la llibreta amb un ull enclavat al rellotge de la classe, per controlar quant quedava per a l'esbarjo, i l'altre ull en connexió directa amb les superulleres del Ferran que les havia deixades, sense funda i ben a la vista, a sota de la seua taula. Semblaven una meravella de caragol groc que en lloc de traure banya, tragués pota d'ulleres per sota de la taula.

I així anàvem, quan de cop, algú amb molta mala idea, va desendollar el sol i, sense avisar, ens va deixar pràcticament a fosques. El cel va passar d'un color blau tirant a gris, a un color gris tirant a negre i, de seguida, van començar a caure les primeres gotes del dia: unes gototes grosses i geniüdes, decidides a barrinar els vidres de la classe.

Diluviava. I que diluviés, només volia dir una cosa: que tot i que ens havíem estat portant molt més que bé tot el sant matí, per culpa d'aquells desconsiderats núvols inoportuns, anàvem a quedar-nos sense pati.

Recordo que, asseguda a la meua taula i mirant com les gotes de pluja es barallaven per trobar un bocí de vidre vuit per on fer carreres finestral avall, vaig empipar-me com una mona. I en aquells temps, només hi havia al món tres coses odioses capaces d'empipar-me com una mona.

La cosa odiosa número 1 era quedar-me sense pati, especialment si, a més, al damunt no havia fet res per merèixer-ho.

La cosa odiosa número 2 era haver de suportar tota sola un únic germà gran, i quan dic gran vull dir a punt de jubilar-se, anomenat Gerard, que ja havia complit vint-i-quatre llarguíssims i quilomètrics anys (plens de llarguíssims i quilomètrics mesos, dies, minuts i segons) i que no hi havia manera que marxés de casa. Quan no es quedava sense faena (és periodista), es quedava sense núvia (és un plom carregat de manies i, a més, no gens atractiu) i quan no, les dos coses alhora: sense faena i sense núvia.

Darrerament, però, semblava que estàvem de mitja sort. El Gerard s'havia comprat una Seat Trans de cinquena mà color oliva sevillana i havia aconseguit una mena de treball com a corresponsal al setmanari *La Veu de la Comarca*.

L'oliva amb rodes –la Seat Trans– redolava pel terme nit i dia, farcida amb el meu germà, talment una anxova amb panxa, melenes i ulleres de cul de got. Us prometo que, el Gerard, a la caça i captura de la poc abundosa notícia comarcal amb una mà al volant i l'altra al telèfon mòbil que li havien encolomat els de *La Veu de la Comarca*, era un esdeveniment únic, digne de ser vist i contemplat.

De totes maneres, a veure si encara estava d'una mica més de sort i, a més del cotxe i el treball, el meu germà aconseguia també una xica amb qui festejar. Potser una de curta de vista a qui no importés que ell fos tirant a tap de bassa, tirant a lleig i tirant a plom i que el seu cotxe paregués una oliva rovellada amb rodes.

Però tornant a l'inventari de les coses odioses, la tercera cosa odiosa, la més odiosa de totes, ja l'hauríeu de saber o, si més no, com a mínim us l'hauríeu d'imaginar.

Va, us dono tres segons per endevinar-la.

Un. Dos. I tres.

Efectivament.

La cosa més odiosa de totes les coses, no era una cosa, era un imbècil: el Ferran Sanmocmartín, que a més, per acabar-ho d'adobar, aquell curs havia hagut d'aterrar tot just a la taula del costat de la meua, mira que també era mala sort, amb la quantitat de taules que hi havia a la classe.

3. Marta Martera...

I dos minuts abans de l'hora de l'esbarjo, l'Amadeu va atansar-se a poc a poc cap a les finestres i va quedar-se un moment allà, dempeus, mirant enfora. Semblava com si els plataners del pati volguessen aturar la pluja amb els seus dits llargs i prims de branques sense fulles.

–Sssst! Pareu, núvols, pareu –pregaven els arbres–. Per favor, prou de pluja, que ens ofeguem!

Però els núvols no en feien cap cas.

Potser aquells núvols grisos estaven més sords que la tàpia que envoltava el nostre pati.

O potser no es parlaven amb els plataners en revenja perquè cada any, a la primavera, quan els arbres feien la crescuda i es pintaven de fulles lluents, s'oblidaven dels mals tràngols de l'hivern i els molt trapelles estiraven les branques cap al cel i omplien de pessigolles aquelles panxes cotonoses.

O potser era ben simplement que, amb el sofregit de trons que havien organitzat, els núvols grisos no sentien res de res.

El cas era que, en menys de vint minuts que feia que plovia, al pati hi havia crescut una piscina que riu-te de les del poliesportiu.

–Açò no és un pati, açò és un bassal! –ens va comentar el mestre assenyalant aquell toll gegant.

L'Amadeu és valencià, no sé si us ho havia comentat abans.

–«Un bassal descomunal,

per banyar-s'hi un gran pardal» –afegí la Pepa-Pipa en un dels seus rampells d'inspiració i aconseguí fer-nos riure a tots.

–Bé, ja veieu que hui no es pot eixir al pati –ens digué l'Amadeu amb un sospir tan gran com el bassal–. Val més que guardeu els llibres i procureu esmorzar i jugar una poquet sense que el col·legi s'afone, d'acord?

I sense esperar-se a escoltar si hi estàvem o no d'acord, va sortir de l'aula a tota velocitat i se'n va anar directe cap a la sala del professorat, on segurament ja hi devia ser la *very beautiful* senyoreta Neus.

De fet, cap de nosaltres no li va respondre perquè, excepte jo, tots estaven ja amuntegats al voltant del Ferran, fent-li la gara-gara desesperadament perquè els deixés les ulleres.

–Va, Ferran, deixa-me-les a mi. Si me les deixes emprovar dos minuts de rellotge, només dos, et dono la xocolatina de l'esmorzar –aquest era el Pere Miró que sempre té més gana que la resta de món i ve a classe carregat de llepolies.

–I jo et dono el gelat que hi ha avui a les postres –oferí la Vera que és just l'antònim del Pere, mai no té gana, així que és una especialista a l'hora d'ordir negocis tèrbols amb el menú del menjador.

–I jo et dono un minipòster de Bola de Drac Z, aquell amb Son Goku i el Drac Sheran –aquest era el Marcel Carbó, una autoritat mundialment reconeguda en manga japonès.

–Va, que a més de la xocolatina també et dono un tronc de regalèssia gairebé sense xuclar –el Pere, millorant la seua oferta inicial.

–«Et dono una ensaïmada
si les puc dur una vegada».

La Pepa, és clar.

–Doncs, jo...

4. Marta Martera, cul de cirera

Doncs, jo també em moria de ganes que me les deixés, però ni li vaig oferir absolutament res a canvi, ni m'hi vaig atansar per a res, a la seua imbècil persona.

És més, un breu instant que em va mirar, vaig girar-me cap a la finestra, fent veure que les gotes de pluja que relliscaven pels vidres eren l'espectacle més apassionant del planeta. I quan la Vera va vindre-me-les a ensenyar durant el miseriós minut que el Ferran tingué l'amabilitat de deixar-les-hi posar:

–Mira Marta, què trobes? Em paren bé, eh?

–Ves, no sé, què vols que et diga. Vistes de prop, no em semblen res de l'altre món...

Sí, sí, ja et daran.

Ho vaig dir ben fort, perquè ho sentís el Ferran i de pas, ja posats, tota la classe, però crec que la mentida no em va acabar de sortir bé i no estic massa segura que ningú s'ho empassés, que les ulleres no m'agradaven.

De totes maneres, vaig tirar-me tot el que quedava de matí, l'hora d'abans del menjador, l'estona que vam estar menjant, la de després i la primera classe de la tarda burlant-me'n sense parar:

que si eren horroroses, que si més horteres impossibles de trobar, que si veges tu quina ocurrència portar a classe unes ulleres d'esquiar...

La segona hora de la tarda no me'n vaig poder burlar, no per falta de ganes, sinó perquè, com que no callàvem i cada cop estàvem més insuportables, l'Amadeu va decidir contraatacar i ens va ficar un control sorpresa de Coneixement del Medi:

–A veure si així pareu d'una, que açò més que una classe pareix una olla exprés a punt d'explotar. Els divendres de pluja tindrien d'estar prohibits per la Constitució, o tindrien de ser festa o als mestres ens haurien de donar paga doble cada colp que haguéssem d'aguantar-ne un. Au, Pepa, espavila't que hui ets tu l'encarregada de repartir els controls...

I tot el temps que l'Amadeu ens va donar per demostrar-li el nostre coneixement del medi, me'l vaig passar íntegre somniant amb les ulleres. Així em va sortir el control: un bunyol que ni els que la iaia Enriqueta fa per la Quaresma.

I just acabades d'enllestir les vint-i-cinc proves indiscutibles del nostre desconeixement sorpresa del medi, l'Amadeu es va mirar el rellotge per vint-i-cinquena vegada aquella tarda i canviant de cop de cara (la de mestre a punt de penjar-se d'un fluorescent per la de mestre a punt de tocar-li la grossa de Nadal), sospirà i pronuncià les paraules màgiques. Allò de: «va, ja podeu arreplegar –en silenci!– que quasi són les cinc».

I jo vaig començar a recollir les coses dins la

bossa, però no podia parar de pensar en les ulleres.

I va sonar la sirena de les cinc.

I tots se'n van anar corrents cap als penjadors a posar-se les jaquetes, menys jo, que estava a la lluna de València. Per cert, una lluna de València que duia posades unes ulleres d'esquiar, iguals, iguals que les del Ferran.

I parlant del Ferran, ell també es va endarrerir, encara no he aclarit per què, i vam arribar junts als penjadors.

Més que junts, vam arribar perillosament junts i just abans que agaféssem les jaquetes, em va mirar de dalt a baix i, entre dents perquè l'Amadeu no ho sentís, aquell cuc fastigós va i em cantusseja allò de:

–«Marta Martera,
cul de cirera...»

que em fa tantíssima ràbia que algú em cante.

A més, per si no n'hagués ja fet prou i massa amb la cançoneta, encara va tindre la santa barra de traure'm un pam de llengua –negra de xuclar la regalèssia que li havien bescanviat per un minut i mig de préstec ulleril– i de fer-me momos.

I jo, què volíeu que fes?

Què hauríeu fet vosaltres en unes circumstàncies similars?

Doncs, em vaig enfadar...

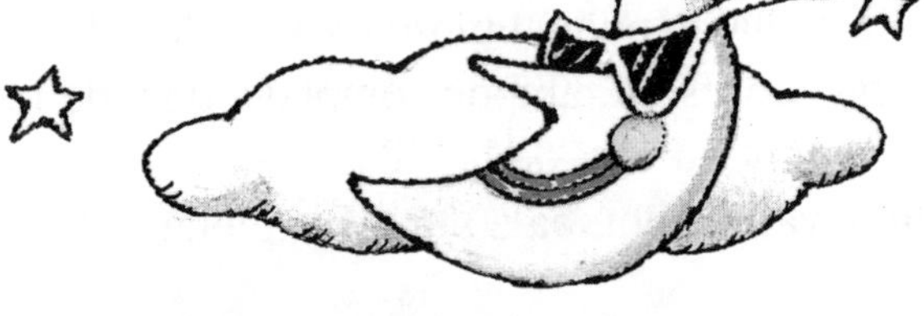

5. Pobres ulleres

Uf!

Enfadar és molt poc.

Em vaig posar com una moto.

Què dic com una?

Em vaig posar com totes les motos de l'univers alhora i encara unes quantes més. Com totes les motos infinites d'infinits universos plens d'infinites motos i encara faig curt.

Durant mig segon, vaig quedar-me allà de peus.

Immòbil.

Els meus ulls, sense ulleres, esgarrapaven a distància els vidres que protegien els ulls de l'imbècil del Ferran.

Estava com hipnotitzada.

En un flaix, tota una filera de desgràcies va desfilar pel meu cap sense demanar permís. Vaig recordar que aquell dia horrible no havia parat de ploure, que aquell dia horrible ens havíem quedat sense pati, que el control de Coneixement del Medi m'havia anat fatal i que, per acabar-ho d'adobar, ni m'havia pogut emprovar aquelles ulleres tan meravelloses, ni tampoc comptava que me les pogués emprovar mai de la vida.

Semblava una bomba a punt d'explotar.

Una bomba amb texans, milions de pigues per tot arreu i un cabàs de rínxols color carlota bullida recollits en dos coes.

Sense parar a pensar-m'ho dos vegades, vaig agafar aire, vaig serrar les dents i vaig explotar, amb tota la fúria del món, a sobre d'ell. D'una manotada li vaig arrancar les ulleres i de poc que no li arranco el nas, mocs inclosos. Abans que se'n pogués adonar, les vaig partir pel mig i encara va sobrar-me espenta per llançar-les pel terra i trepitjar-les ben trepitjades amb el millor estil flamenco del món.

Ah! I, en acabar el *zapateao*, encara vaig ser a temps de traure-li jo també un bon pam de llengua, de color rosa, que a mi ningú m'havia convidat a regalèssia aquella tarda tan horrible.

Ha!

Ja et daran!

A mi, amb momos i cançonetes!

Només faltaria.

A veure què es pensava aquell sac de mocs amb potes...

Però no vaig tindre cap oportunitat de descobrir què s'havia pensat perquè, en aquell precís instant, va emetre una mena de gruny estrany (entre ronc de porc afònic i elefant refredat) i va reaccionar. Va deixar-se estar de romanços i va passar a l'acció directa. Acció directa contra mi, s'entén.

I jo, soca més que soca, com que en aquell mateix instant em gronxava a la lluna de València –lluna de València ja sense ulleres– assaborint

l'èxit del meu primer assalt, no vaig adonar-me de les seues gens recomanables intencions i vaig continuar allà, fent el babau, al seu davant.

Així que, per no haver fugit quan hauria calgut, el Ferran Sanmocmartín em ventà una cleca capaç de fer sortir volant un dinosaure dels més grossos fins la teulada del gratacel més alt del món: la megacleca.

I llavors va ser quan, pobres de nosaltres, vam retornar a la realitat i vam recordar:

a. Que érem a classe.

b. Que just abans de començar la baralla estàvem buscant les jaquetes per a marxar cap a casa.

L'havíem feta bona.

A més, el nostre espectacle havia tingut un públic d'excepció: el mestre, a qui no semblava haver-li agradat gens ni mica la nostra trepidant actuació. La cara d'Amadeu feliç, aquella de mestre a punt que li toque la grossa de Nadal, havia desaparegut i deixava pas, un altre cop, a la cara d'Amadeu a punt de penjar-se d'un fluorescent.

D'un dels que il·luminaven no gaire bé la classe.

Un d'aquells que feia resplendir com una tomata madura la meua galta postcleca i que vernissava d'espurnes i lluentors els vidres esmicolats de les ulleres.

Decididament, havíem ficat la pota fins al colze.

6. Castigats

Els dos ens miràvem rabiüts, aguantant-nos les ganes de plorar, quan van retronar les passes de l'Amadeu que s'atansava a tota velocitat cap al lloc dels fets.

–Però serà possible!

Va cridar i l'Amadeu no cridava mai, així que l'assumpte podia arribar a ser molt greu.

–Serà possible que a les cinc i un minut de la vesprada d'un divendres interminable, vosaltres dos encara vos hagueu d'estar matant! –va repetir encara més fort.

L'havíem espifiada.

Tots dos.

L'havia espifiada el Ferran que continuava davant de mi mirant el poc que quedava sencer de les seues ulleres d'anar a esquiar i l'havia espifiada jo, que continuava davant d'ell amb la mà a la galta.

L'Amadeu va situar-se estratègicament entre la porta de la classe i nosaltres i va començar a repassar-nos de dalt a baix.

Sense dir ni mut.

Evident que se'n rumiava una de sonada.

El Ferran i jo tampoc badàvem boca.

Ves quin remei.

Mosca que hagués passat, mosca que hauria sonat en megafonia de no ser perquè estàvem a mitat de novembre i ja no quedaven mosques. Tots dos ens aguantàvem com podíem les respectives ganes de plorar i drets, com dos titots, buscàvem alguna cosa per terra.

No sé ben bé per què, però fixeu-vos-hi, diràs que sempre que en fas una de grossa acabes escorcollant rajoles amb la vista, buscant alguna cosa que mai no trobes (potser les ganes de portar-te bé?).

A mi, la galta em cremava cada cop més, però abans morta que somicar davant del número u dels imbècils més imbècils d'aquell planeta plujós que, a més, també era un recregut (l'imbècil, no el planeta).

I a ell, de segur que li cremaven aquelles ulleres d'esquiar acabades de desintegrar, però de segur que també es deixava esmicolar abans de posar-se a plorar davant de mi.

Bons érem tots dos.

Mentrestant, el meu rellotge havia arribat a les 17.05 h i cada cop estàvem més sols.

Les veus i les corregudes dels xiquets s'esvaïen pel passadís. L'escola es buidava i nosaltres continuàvem, sense novetat, ancorats al costat dels penjadors, a un metre escàs de la porta, però sense poder sortir.

Era com si a la porta li haguessen crescut unes rodetes invisibles i la molt trapella llisqués cada segon una mica més enllà.

Els mestres també marxaven. Estàvem tan callats que els toc-toc-tocs dels tacons de la senyoreta Snow (aquella senyo tan guapa que ens pensem que li agrada a l'Amadeu) van rebotar per les parets de la nostra classe com munts de pilotes de ping-pong, i van anar fent-se cada cop més menudes fins a arribar a microscòpiques i a fondre's en el silenci.

Llavors van tornar a sentir-se unes passes –qui sap si alliberadores?– i el cap despentinat de la Vera-Primavera va aparèixer de cop i volta per darrere la porta.

–Que no surt, la Marta?

Em vaig fer tan contenta de veure la Vera i que em fos tan amiga i que hagués tornat expressament a preguntar per mi, que si no arriba a ser perquè l'havia feta tan grossa, hauria sortit disparada cap a ella a fer-li una abraçada. Però no ho vaig fer, no m'hi vaig atrevir, i les coses tampoc ens van anar tan bé.

–No, senyoreta. Hui, no ix d'ací ningú i quan dic ningú vull dir ni la Marta, ni el Ferran, ni jo, ni ningú. I tu ja te n'estàs anant cap a casa com un coet si no vols quedar-te a fer-nos companyia.

I la Vera-Primavera, per si de cas, se'n va anar mig corrents mig volant cap al pati, com un coet despentinat amb falda i motxilla.

–I a vosaltres, sabeu què vos dic?– va continuar l'Amadeu.

No, ni el Ferran ni jo ho sabíem, però tampoc vam pensar que fos el moment més oportú per confessar la nostra ignorància.

L'Amadeu ens fitava amb aquella cara que fa el bo de les pel·lícules abans de prendre la gran decisió:

–Doncs vos dic que em teniu més que fart amb les vostres baralles contínues, que pareixeu dos pàrvuls de P-3, i que d'hui no passa. Ara mateix telefone als vostres pares i vosaltres vos quedeu ací, cada un a la seua taula, copiant el tema de Coneixement del Medi, fins que vos vinguen a buscar de casa i puguen veure quina mena de jocs vos porteu entre mans.

I, dit això, se'n va anar cap a direcció, a trucar

als notres pares respectius que, prou previsible, a aquelles hores –les 17.11 h– no estaven a les nostres respectives cases.

Així que l'Amadeu es va haver de conformar a deixar un parell de missatges al contestador automàtic comunicant a les nostres famílies la situació en què ens trobàvem: castigats indefinidament per antipatia mútua mal canalitzada, a l'espera que algun parent de bona voluntat vingués a rescatar-nos i a escoltar la seua versió dels fets.

A classe, mentrestant, el Ferran i jo semblàvem un parell de monjos medievals d'aquells que es passaven la vida copiant llibres a mà, perquè ningú s'havia pres encara la molèstia d'inventar la impremta.

A fora, al pati, ja no quedava cap xiquet. Tots havien marxat cap a casa com una rabera cridanera de bolets de totes mides. Vaig pensar que els dies de pluja transformaven els humans en una mena molt particular de bolets mòbils.

N'hi havia d'enormes, color negre, que avançaven a poc a poc (els pares i iaios que venien a buscar els més menuts) i d'una mica més menuts, amanits de flors, ratlles i garlandes que t'escridassaven davant de tothom només perquè havies volgut comprovar empíricament si encara et funcionaven bé les botes d'aigua (mares, iaies i tietes).

També hi havia un bon grapat de bolets remenuts del Rei Lleó, l'Hèrcules i el Geperut de Nôtre-Dame (els pàrvuls) que se't posaven entrecames, sense cap mena de respecte, i acabaven plorant a bots i barrals perquè, amb les corregudes, arribaven a casa bruts, torts i abonyegats.

Ah! I em deixava un exèrcit regular de bolets idèntics, uniformats amb quadrets marrons i verd fosc, gentilesa hivernal d'alguna caixa d'estalvis.

Però a aquella hora (17.19 h), al pati no en quedava ni un ni mig, de bolet. Només els pobres arbres, xopets de dalt a baix, que miraven d'aprendre a nadar al mig del bassal.

No es devien refredar mai, els arbres, despullats i amerats d'aigua, amb aquell fred que feia?

I si es refredaven, com s'ho feien per guarir-se?

Qui els portava sucs de taronja, Vicks Vaporub i aspirines? O potser els barrejarien anissets homeopàtics amb l'adob?

Ho hauria investigat ja algú, això dels constipats dels arbres? El meu llibre de Coneixement del Medi, com sempre, no en deia res.

7. Copia que copiaràs

A casa meua no hi havia ningú perquè ma mare devia ser a la sabateria; el pare, al taller; la iaia Enriqueta, a ca la Teresina (la seua millor amiga) o al Casal del Jubilat; i el Gerard, de volta amb la Seat Trans, buscant notícies com qui busca caragols.

L'única esperança que em quedava era que el Gerard truqués a casa amb el mòbil, amoïnat per si algú li havia deixat algun missatge a l'altre telèfon (el meu germà és un cas crònic de telefonitis) i, llavors, es trobés amb el missatge de l'Amadeu.

Tot i que, ben pensat, no sabria dir què em semblava pitjor, si copiar senceret el llibre de Coneixement del Medi o que em vingués a buscar el Gerard i fos ell qui parlés amb l'Amadeu.

Els pares del Ferran tampoc estaven al xaletàs on vivien. Devien estar a la terrassa coberta del Club de Golf prenent còctels d'aquells que tenen surant per enllà un escuradents –se suposa que net i per estrenar– amb una oliva farcida a la punta.

Els pares del Ferran eren uns pares molt importants. Te'ls topaves a cada pàgina de *La Veu de la Comarca*, inaugurant monuments o exposicions o el que fos, sempre supermudats, sempre amb una copa de còctel amb oliva a la mà i sempre amb cara d'estar-s'ho passant més pipa que la Pepa. De debò que no entenia per què uns pares com aquells no duien el Ferran a un col·legi dels que surten a la tele, ple de xiquets que van a classe amb corbata, en comptes de dur-lo al nostre.

La germana del Ferran, l'Elisabeta Sanmartín i Santaeulàlia del Puig –rossíssima, guapíssima i elegantíssima, segons la mare i la iaia Enriqueta– també era una germana molt important i també sortia als diaris comarcals i fins i tot a alguna revista del cor, posant-se de llarg o de curt o del que fos, igual que els seus pares.

El Ferran, ara per ara, era l'únic d'aquella família que no sortia enlloc. Pel que es veu encara no era notícia, només era un maldecap.

I mentre jo copiava i anava pensant tot això que acabo d'escriure, mirava de reüll el Ferran

que, quan no es mocava estrepitosament, també copiava (qui sap si capaç de pensar en alguna cosa).

I, de tant en tant, també mirava de reüll l'Amadeu, que transvasava controls de la pila dels no corregits a la dels «Necessita millorar» (la immensa majoria) o a la de «Progressa adequadament» (només tres fins a aquell moment).

Pel que es veu, aquell control havia estat una catàstrofe col·lectiva. Encara rai. Si tots ho havíem fet tan malament, probablement ens el repetiria un altre dia i llavors ens sortiria millor.

Estava segura que, tot i que ho sabia dissimular molt bé, a l'Amadeu, allà en el fons més abismal del seu cor professoril, li sabia mal posar-nos males notes.

I copia que copiaràs, també vaig pensar que, potser si el Ferran i jo ens perdonàvem i ens donàvem la mà, davant del mestre, potser se n'oblidaria del càstig i ens enviaria cap a casa.

L'Amadeu ja devia estar prou més que fart de corregir desastres i d'estar-se, ell també, castigat a la classe un divendres a la tarda.

A més, li encantaven els finals feliços, i quin final més feliç per a aquell desgavell ullerístic, que el babós del Ferran i jo fent veure que ens fèiem amics?

Però no.

Impossible.

Se'm devia estar reblanint el cervell amb tanta còpia.

Com podia ni passar-me pel cap el disbarat de perdonar la granota fastigosa del Sanmocmartín?

Mireu què us dic. Que abans durien melena totes les granotes fastigoses del planeta. Abans em quedaria a la classe tot el cap de setmana, tot el mes i tot l'any, si calia. Abans copiaria la biblioteca sencera.

Ni morta li donava jo la mà, al Ferran.

Ni morta.

M'ho autoprometia, m'ho autojurava i que em convertís en granota fastigosa jo mateixa si, en un moment de debilitat, em traïa i canviava de parer.

8. Arriba el meu germà

I a les 18.27 h, quan ja portava copiat més de mig tema de Coneixement del Medi i a l'Amadeu només li faltaven dos controls per acabar de corregir tota la pila, van sonar pel passadís unes passes no identificades que avançaven cautelosament.

Unes passes que no duien sabates de tacons i que, per tant, no podien ser les de la meua mare, ni tampoc les de la mare del Ferran.

Les passes misterioses continuaven avançant.

Qui podia ser?

De cop i volta, ho vaig tindre claríssim.

De primer, va tronar un terrabastall dels grossos. I, de segon, l'amo de les passes i de tot el que havia caigut per terra, va amollar un renec de categoria. Un renec d'aquells complicadíssims que enganxen una paraulota amb una altra i encara amb una altra més: mon germà Gerard, l'únic geni del renec creatiu que conec.

Horror.

M'hi jugava el que fos que era ell.

Considerant les seues habituals dosis de traça i habilitat (cosa que toca, cosa que trenca), de segur que li havien redolat les càmeres de fotografiar, o la gravadora, o el mòbil, o tot a la vegada.

Veureu.

Us ho explico en un moment.

Igual que al món hi ha hòmens orquestra que toquen qualsevol cosa i fan música, el meu germà era el prototipus vivent d'home trencadissa que tocava qualsevol cosa i la feia miques.

Un cas únic en la història de la humanitat d'Homo Destrossaurius acabat d'importar de les cavernes.

Amb l'escàndol, l'Amadeu va pegar un bot i va parar de corregir; el Ferran va quedar-se encallat a mitat MOOOOOOC i va parar d'escriure i jo, jo no vaig fer cap bot, perquè ja me'l conec, el meu germà, però em vaig arrupir a la cadira tot el que vaig poder, a veure si estava de sort i desapareixia.

I no, no vaig desaparèixer. En canvi, qui sí que va fer la seua triomfal aparició fou el meu germà gran disfressat de premi Pulitzer, reporter de guerra acabat d'arribar d'una trinxera.

El Gerard, a més de la panxa, les ulleres i les melenes, lluïa uns pantalons de soldat color verd brut plens de butxaques també plenes d'estris més aviat estranys; un jerseiot negre, tot despenjat, que encara el feia més tap de bassa; i per acabar d'arredonir l'efecte «home-d'acció»: tres càmeres en bandolera, dos flaixos, una gravadora, el telèfon mòbil i un paraigua (del tipus negre i enorme) que degotava un reguerall de pluja al seu pas.

–Bona tarda, sóc el Gerard Reverter, el germà de la Marta. He rebut el seu missatge i he trucat a

la mare per a avisar-la. Però, com que ni ella ni el pare podien deixar la faena en aquest moment i jo, com veu, la faena sempre la porto a sobre –el Gerard va sacsar les càmeres i de poc que no li tornen a caure–, doncs, res, que aquí estic, a veure quina n'ha fet avui aquesta.

«Aquesta» era jo, cada cop més aplanada a la cadira.

L'Amadeu va aixecar-se, va escoltar atentament les explicacions del Gerard i, un cop va comprovar que aquell ésser de dubtosa aparença humana era el meu germà i no un extraterrestre sortit d'«Expediente X», va explicar-li amb pèls i senyals la seua versió dels fets que, com us podeu figurar, no coincidia ni en un sol pèl ni en un sol senyal amb la meua versió dels fets. Però, bé, què hi farem. Ja sabeu com les gasten els grans, en general, i els mestres, en particular, a l'hora d'explicar baralles.

A més, el Gerard no parava d'ensabonar l'Amadeu d'una manera descarada, donant-li la raó a cada cosa que deia i deixant-me a mi a l'alçada d'un dimoni banyut.

La sort que havia fet el Ferran, que no l'havia vingut a buscar ningú de la seua parentela i s'estalviava el tràngol d'haver d'escoltar com algú airejava feliçment i en públic els seus delictes més domèstics.

Que si jo no col·laborava prou en les faenes de la casa. Ves qui anava a parlar, qui més hauria de callar, que encara és hora ara que el meu senyor germà es digne a deixar al cistell de la roba bruta totes les bruticiades que es trau de sobre cada cop que es dutxa, que tampoc és gaire sovint, eccs!

Que si no se'm podia contradir. Serà possible!: si van inventar la «raó» el dia que ell va nàixer, només perquè la pogués tindre sempre tota!

Que si estava de petanera avui sí, demà també. I ell què?

Que si no parava de ficar el sol al cap a tota la sofridíssima família amb la meua xarrameca contínua. I ho deia ell! Ell que era el cotorro de l'any!

Inaudit.

Em punxen amb una agulla normal i no em troben sang. I em punxen després amb una d'aquelles enormes de fer mitja i tampoc me'n troben.

Quina barra!

I l'Amadeu fent cabotades i afegint que no sabia on aniríem a parar.

De jutjat de guàrdia.

I això encara no va ser res.

No.

La gran catàstrofe va arribar quan vaig haver d'escoltar amb les meues pròpies orelles com el meu propi germà s'oferia gentilment per dur el Ferran Sanmartín i Santaeulàlia del Puig cap a la seua pròpia casa (a la d'ell, no a la nostra).

9. De tornada amb el Ferran

I vaig creuar els dits amb totes les meues forces perquè el mestre digués que no, que no el podia deixar marxar amb nosaltres, perquè volia parlar personalment amb els seus pares o qualsevol altra cosa per l'estil.

Però no, l'Amadeu, després de mirar-se el rellotge (el meu marcava les 18.48 h), de mirar-se la pluja que no parava de rebotar contra les finestres i de mirar-se la pila de controls que ja havia corregit, va gratar-se un moment el clatell i va dir:

–D'acord, Gerard, has tingut una bona idea i, a més, me fas un favor. T'estic molt agraït.

Va acomiadar-se del meu germà d'una encaixada i... tan amics.

Per a morir-me.

O no, pensant-m'ho millor, per a matar-los a ells, especialment el Gerard. El molt penques (que me'l conec des que vaig nàixer, fa deu anys i un mes) el que es duia entre mans era presentar-se en pla milhòmens al xalet dels Sanmartins, Santeseulàlies i Santspuigs:

–«Bona tarda, senyora, senyoreta, senyor, aquí els torno, sa i estalvi, el seu preciós xiquet».

Meravellós.

I d'aquella manera, de segur que al Ferran ja no el maldava ningú. Totes les bronques me les carregaria jo i ningú més que jo.

No hi havia justícia al món.

Mentre recollia de qualsevol manera els llibres i els entaforava a la motxilla, no parava de remugar per dins del meu cap i de donar voltes a l'escena.

Us la podeu imaginar sense problemes.

El plom del meu germà –el d'Artagnan de la notícia comarcal– fent el fatxenda i brandant la gravadora com si fos una espasa. Els pares del Ferran explicant-li, en exclusiva i primícia mundial, quina exposició pensaven inaugurar la propera setmana. L'Elisabeta, tota finor i elegàncies, fent posturetes perquè el Gerard l'enlluernés a flaixos. I, llavors, un cop enllestides les fotos i la roda de premsa, els assistents al «Xou dels Sanmartins» aprofitarien per assaborir plegats una plàtera de còctels d'aquells amb escuradents i oliva.

Ells, de pel·lícula de Walt Disney en estèreo i tecnicolor, i jo, mentrestant, pobra de mi, de *culebrón* de tercera. Em podia marfondre, al seient de darrere de la Seat Trans, morta de gana, morta d'avorriment i morta de temor, només de pensar en el «Xou dels Reverter»; que era el que m'esperava a mi en ser a casa quan el Gerard decidís contar als pares i a la iaia la seua versió dels fets.

I ja posats a fer, també us podeu imaginar els resultats de la retransmissió de la baralla: una

Marta sense setmanada, sense tele, sense permís per anar a jugar amb la Vera-Primavera, sense permís per anar a ca la Pepa-Pipa...

Ves qui em manava despertar-me aquell matí!

Tant de bo hagués agafat la grip!

Capficada en les meues cabòries, no em vaig adonar que ja havia trotat d'esma tot el passadís i que el Gerard, el Ferran i servidora estàvem a punt de sortir del col·legi.

Un cop al carrer, una bafarada de fred i gotes de pluja va retornar-me a la realitat. Una realitat xopa, congelada i fosca com una tassa de cafè sense gota de llet.

Mentre copiàvem, la nit s'havia colat de puntetes per tots els racons de la ciutat. Normal, considerant que érem al mes de novembre, a les 18.57 h d'una tarda horrible de divendres plujós.

Amb la poca claror que escampava el fanal de la cantonada, no ens arribava ni per veure'ns la punta de les sabates.

El Gerard, molt d'acord amb el seu nou paper de cangur-mainadera, va obrir el paraigua i va intentar, sense gaire èxit, aixoplugar-nos fins a la furgoneta.

Resultat de l'encontre: Pluja 7– Nosaltres 0. La pluja s'ho va passar d'allò més bé i nosaltres vam arribar a la Seat Trans transpuant aigua de dalt a baix.

Un cop a la vora de la furgoneta, el Gerard va barallar-se a mort amb la porta de darrere que sempre se li encallava.

Resultat: de poc que no es queda sense porta del darrere definitivament.

Va col·locar amb molta cura les càmeres, els flaixos i la gravadora al seient de davant.

Resultat: van redolar-li directes a terra així que aconseguí arrancar aquella andròmina amb rodes.

I, finalment, Míster Periodista de l'Any va deixar caure els seus setanta-tres quilos de pes panxut a sobre del pobre seient del conductor.

Resultat: el pobre seient del conductor va emetre un gemec esfereïdor i es va aplanar fins gairebé confondre's amb la catifa del terra.

No cal ni dir que la furgoneta estava feta uns fàstics, (típic Gerard), i que de calefacció, o bé no en tenia, o bé aquell dia no funcionava, cas que hagués funcionat mai.

Sense obrir la boca, probablement per a no gelar-se la gola, el meu insofrible germà va engegar la Seat Trans i, tremolant com si en comptes d'haver engegat un cotxe hagués posat en marxa un túrmix, vam enfilar a bots la Ronda del Riu, direcció casalici dels Sanmartín.

Òbviament no va caldre demanar l'adreça a ningú.

Em penso que, a la nostra ciutat, fins i tot les pedres dels carrers saben com anar (redolant, redolant) fins al superxaletàs del Sanmocmartín.

10. Quan menys t'ho esperes

I no portàvem recorreguts ni un parell de miseriosos quilòmetres quan, tot i que tornava a ploure a poalades i que un senyal de trànsit indicava que no es podia passar de cinquanta, va avançar-nos un cotxàs que, com a mínim, anava a vuitanta-mil quilòmetres per hora i que, a més de passar-nos com una fletxa, també ens va esquitxar de mala manera i ens va deixar el parabrisa fet una sopa de fang:

–Cap d'albergínia podrida! De què vas, tros de sèpia boteruda! Cregut esquitxapobres! –va bramar-li el meu germà. Ja us havia dit abans que el Gerard mai no es rebaixava a emprar les paraulotes habituals, a ell li anava l'insult amb denominació d'origen.

Un cop esbrafat de la rabiada inicial, reduí la marxa, mirant d'endevinar per on anava la carretera. Tasca no gens fàcil. Teníem el vidre tan brut que no podíem veure ni el capot de la Trans. I quan diràs que havíem aconseguit tornar a mig ataüllar l'asfalt, van dos cotxes més i també ens avancen a tota castanya.

Aquest cop, no va ser només el Gerard qui es va posar a les tres pedretes. En rebre la segona dutxa de fang a sobre del parabrisa, tots tres vam despatxar-nos a gust:

–Bèsties! Desgraciats! De què aneu?

–Matons! Fitipaldis!

I aquest, tot i que d'entrada potser no us ho semble, va ser un moment històric per a la humanitat: per primer cop a la vida, el Ferran Sanmartín i jo estàvem d'acord en alguna cosa.

–Llàstima de multa! Què dic de multa? Un mes sense carnet, home! Què dic un mes? Un any! On s'han hagut d'amagar els de trànsit, ara que fan falta? També deuen ser a posar multes a les pobres iaies que aparquen un momentet sense tiquet, com fan els municipals! Ja et daran! Ves quina colla!

Feia referència a l'embolic majúscul que havia organitzat l'altra tarda la iaia Enriqueta, quan va aparcar davant de ca la seua amiga –la Teresina– un momentet de no res (momentet que després, tot s'ha de dir, va allargar-se a tres horetes de no res) i un municipal amb bigot i sense gaire faena –segons l'entesa opinió del Gerard–, desaprensiu i escanyapobres –segons l'entesa opinió de la iaia– va tindre la santa barra d'endossar-li una multa de sis mil pessetes. SIS MIL PESSETES de multa a ella, a una pobreta iaia inofensiva (ha, ha, ha, riu-te'n de l'Swarzenegger, quan la meua iaia està de mala lluna), jubilada i pensionista.

Però millor deixem de banda l'assumpte de la iaia i tornem a la carretera. Per sort, el meu germà, en no veure res per segona vegada consecutiva, havia reduït al màxim la velocitat i circulàvem per la Ronda del Riu a pas de puça tortuguera a peu coix que, de no ser així, us asseguro que no vivim per a contar-ho.

Els tres cotxassos que ens acabaven d'avançar amb un coet al cul, de sobte, havien canviat d'idea i van decidir pegar la frenada del segle.

De retruc de la frenada del segle, també van donar la patinada del segle i, a la fi, van quedar-se entravessats de mala manera al damunt de la calçada, a mig pèl de la nostra Seat Trans.

El Gerard va haver d'inventar malabarismes al

volant per esquivar-los tots tres i aconseguir que no acabéssem fets una truita de ferralla amb rodes.

–Però serà possible! Assassins de periodistes! Esgarracriatures! Que el carnet us l'han donat a la tómbola del poble o què? A conduir cotxets de l'scalextric, a veure si n'apreneu d'una!

Va cridar enfurismadíssim i just es disposava a baixar del cotxe per cantar quatre veritats a aquells patibularis que de poc que no ens deixen sense Seat Trans (només faltaria, amb el capital que ja hi portava invertit!), quan va dringar una trencadissa de vidres monumental.

11. I ara què dimonis passa?

Que estrany.

Com era que s'havien trencat els vidres, si els cotxes no s'havien mogut?

Amb què havien xocat?

A motor parat, però, un xoc feia de mal creure.

I aquest cop, el Gerard era innocent, us ho prometo. Paraula de germana menuda que ni s'havia bellugat de la furgoneta, ni havia tocat res.

Que potser campava pel planeta més d'un exemplar d'Homo Destrossaurius i jo no ho sabia?

En resposta a les meues cabòries, es van sentir els primers trets i, tot d'una, vam esbrinar què se n'havia fet dels vidres dels cotxes: els seus insignes ocupants se'ls havien carregat a cops de pistola per poder disparar millor.

–Un tiroteig! –va cridar el Sanmocmartín com si acabés de fer la troballa del segle. Ja veureu com un dia d'aquests, el Ferran es farà famós per patentar l'anar a peu, descobrir la sopa d'all o qualsevol altra gesta per l'estil.

–Tots a terra! –va cridar el meu germà, també quin altre, oblidant que estàvem dins del vehicle i que, allà dins, era impossible d'estirar-se enlloc.

–Però si estirats no s'hi cap, Gerard! –vaig protestar.

–Doncs, llavors darrere! Salteu darrere dels seients! Ràpid! –ens va manar mentre recollia les seues càmeres i obria un dit la porta del cotxe, disposat a sortir.

En un segon, el Gerard havia soterrat completament la seua croada particular contra els conductors suïcides i contra els policies multaiaies i estava que l'emoció periodísticoinformativa li rajava per les orelles com una font.

Una notícia!

Havia aconseguit una notícia!

I no la inauguració d'un monumentet o d'una exposicioneta qualsevol.

No senyor!

Una notícia de primera, que aquell tiroteig en plena Ronda del Riu prometia ni se sap.

En una ciutat menuda com la nostra, on no passa mai res, allò podia convertir-se en l'esdeveniment periodístic de la temporada i s'estava produint tot just allà, al davant de la seua pròpia Seat Trans i de les seues pròpies ulleres de cul de got, amb totes les càmeres fotogràfiques a l'abast, carregades i a punt de caramel!

En aquell moment, mentre els caps d'albergínia podrida es cosien a trets, el Gerard Reverter era l'Homo Destrossaurius més feliç del món.

–Que no m'heu sentit! Amagueu-vos! Ràpid! –va repetir prou nerviós.

Nosaltres vam agafar les motxilles sense obrir

la boca i vam botar a la banda de darrere de la Trans.

En caure, el Ferran de poc que no m'esclafa un braç amb la seua bossa, però vaig pensar que, donades les circumstàncies, millor passava de queixar-me o de tornar-m'hi i esclafar-lo jo a ell amb la meua motxilla.

–Molt bé! Bons xiquets! –va aprovar el Gerard–. D'ara endavant i mentre no us ordene el contrari, vosaltres dos: ni una paraula, ni una baralla, ni bellugar-vos mig mil·límetre d'aquí on esteu! Entesos?

Vam fer que sí amb el cap.

Ves quin remei.

–Doncs, entesos! I ara Gerard –al Gerard li encanta donar-se conversa a ell mateix–, no et poses nerviós i organitza't. Objectiu número 1: truca als Mossos d'Esquadra. Objectiu número 2: mentrestant no arriben, vés a veure si pots aclarir què passa i, de pas, fer unes fotos.

I, un cop va donar-se aquestes brillants instruccions, féu una tosseta que ni de lluny semblava les traques que amolla quan tus els dies de cada dia.

Suposo que, en una ocasió tan important com aquella, ens havia volgut oferir una imitació del Clint Eastwood que és el seu heroi favorit de les pel·lícules de lladres i sereno. Perquè per al meu germà, les pel·lícules de lladres i serenos són de lladres i sereno, en singular. De sereno no n'hi ha més que un: Harry el Brut i punt final.

Per això, segurament, havia provat de tossir d'aquella manera tan estranya. El problema era que en lloc d'una reeixida tos, enèrgica i viril, a ell li havia sortit una mena de gruny esquifit de gripau afònic. Però, ves, què hi farem.

Com diu la iaia Enriqueta: «d'allà on no n'hi ha, no en pot rajar».

Paciència i camí!

Després del gruny de gripau, el Gerard tancà els llums de la furgoneta, que encara no ho havia fet (la veritat, no m'explico com aquells lladres no ens havien reconvertit la furgoneta en un colador: portàvem ni sé quant de temps sent una diana perfecta), va encendre la llanterna que sempre duia a la guantera i, llavors, va ser quan es va adonar que no sabia el número dels Mossos d'Esquadra.

–Atenció, vosaltres dos, permís especial per a obrir la boca. Quin és el número de telèfon dels Mossos d'Esquadra?

–Ni idea –vaig confessar.

–Cinquanta-vuit, cinquanta-vuit, vint-i-vuit –va apuntar el Ferran i en veure la cara d'al·lucinats que fèiem el Gerard i jo va considerar oportú afegir una mena de justificació explicativa:– Me'l sé de memòria per quan em quedo sol al xalet, per si mai passava alguna cosa.

–Molt bé, molt bé. I ara un altre cop muts i a la gàbia.

I el Gerard va aplicar-se a marcar el número mentre jo pensava que no em faria cap gràcia haver d'estar-me sovint, tota sola, a una casa com la dels Sanmartín, tan gran i tan lluny de la ciutat.

–Els Mossos d'Esquadra? Sí? Mire, em dic Gerard Reverter i sóc periodista de *La Veu de la Comarca*. Els truco des de la Ronda del Riu, hi ha un tiroteig... Que a quina alçada em trobo? A un parell de quilòmetres del xalet dels Sanmartín... Sí, d'acord... Vinguen de seguida.

Un cop solucionat l'objectiu número 1, el Gerard va concentrar–se en el número 2: esbrinar què passava i fer fotos.

Va sortir d'un bot cap a la cuneta; també a l'estil Clint Eastwood, sols que en versió panxuda, rabassuda i més aviat destralera i es va perdre entre les herbotes que creixien a la vora de la carretera.

Per sort per al meu germà, la lluna continuava castigada cara a la paret, darrere d'un núvol negríssim.

12. Marta reconvertida en Magdalena

I d'ençà que el Gerard havia sortit fet un arbre de Nadal, amb càmeres en lloc de boles i garlandes, que cada cop que se sentia un tret, no podia evitar pensar: «mira que si ara me'l foraden i em quedo sense germà gran».

Ja era ben gros que, amb la de vegades que havia desitjat de tot cor que el meu germà desaparegués de la superfície del planeta, llavors que potser era el primer cop que estava en vies d'extinció i que la seua hipotètica desaparició podia esdevindre una realitat, llavors la gola no parava de caragolar-se'm, el nas se m'havia omplit de mocs i em coïen els ulls un disbarat.

De primer vaig pensar: «ja està, l'imbècil del Sanmocmartín acabava d'encomanar-me una al·lèrgia de les seues!»

I quan anava a dir-li'n una de grossa –tot i que el Gerard ens havia prohibit parlar–, vaig adonar-me que no podia, que no em sortia. I no em sortia cap paraula perquè plorava a bots i barrals, amb una pena de les més grosses, no us penseu que només somicava de picor de nas.

Cada vegada que pensava que el Gerard estava allà fora, jugant-se la panxa enmig dels trets, per aconseguir aquelles maleïdes fotos, encara m'agafava més plorera. De cap de les maneres, volia que li fessen res al penques del meu únic germà.

Segon que degotava el rellotge, segon que em trobava més feta pols i plorava més fort. En aquells moments, estava tan trista que tant se me'n donava que el Sanmocmartín pogués aprofitar l'avinentesa de veure'm plorar per esbombar-ho dilluns enmig de classe i burlar-se de mi fins a la fi del món.

Però, per estranyíssim que semble, el cas és que en lloc de burlar-se de les meues llagrimotes, em va atansar un mocador de paper dels que sempre porta a milers al damunt i, sense fer cas a les ordres del Gerard, va dir-me molt, molt fluix:

–Va, Marta, para de plorar. Té, un mocador. Ja veuràs com no li faran res, al teu germà. Fa una nit molt fosca i de segur que ni s'han adonat que hi és voltant per allà. Deuen d'estar convençuts que no ens hem mogut de la furgoneta.

I just ho acabava de dir i jo em pessigava la cuixa per a estar segura que era el Ferran Sanmartín qui intentava consolar-me i que no ho havia somiat jo de la mateixa angoixa que tenia, quan va esclatar el flaix d'una càmera (el meu germà encara estava bé, visca!) i es van començar a sentir els IOIOIOIOIOIO d'un cotxe de la policia o potser de més d'un.

Estàvem salvats!

Els policies detindrien aquella colla de dolents.

El meu germà faria àlbums i àlbums de fotos amb tota la tranquil·litat del món i després vendria el reportatge a tort i a dret, a tots els diaris interessats: a l'Avui, a El País, a El Periódico, a La Vanguardia, als del Telenotícies de TV3...

Encara ens faríem famosos.

Per celebrar-ho, vam mocar-nos a duo i en estéreo: el Ferran suposo que per les seues al·lèrgies i jo perquè ja no tenia ganes de plorar. Les ganes de plorar s'acabaven de transformar en unes ganes boges d'abraçar el Gerard.

A fora, els trets continuaven al bo i millor, però les sirenes de la policia també sonaven cada cop més fort.

Era com si estéssem dins d'una pel·lícula del far west d'aquelles que tant li agraden al meu pare els dissabtes a la tarda que, quan els indis estan a punt de matar tots els bons, arriba el setè regiment de cavalleria amb una musiqueta de «tat-ta-rí-ta-rí» i sempre els rescaten a tots.

I potser el Ferran havia pensat exactament el mateix, perquè ens vam mirar a la trista llum de la llanterna i, sense dir res, vam somriure tots dos alhora. I ja estàvem a punt d'agafar les motxilles i tornar a ocupar els nostres seients, quan va un d'aquells pocavergonyes i, sense parar de disparar, surt tot decidit del poc que quedava sencer del seu pobre cotxe, i, amb la pistola a una mà i una mena de sobre encoixinat a l'altra, ens ve directe cap a la Seat Trans.

Vaig apagar la llanterna de cop i, tot i que el terra de la furgoneta estava brutíssim, el Ferran i jo ens hi vam aplanar fins gairebé desaparèixer.

Podia saber-se de què anava aquell bandarra?

13. Segrestats d'incògnit

I el bandarra va obrir la porta del seient del xòfer, va col·locar el sobre encoixinat a sobre del seient del costat i va fer anar la clau de contacte que el Gerard, tot confiat (ves qui s'ho havia de pensar, que algú intentaria robar-li el cotxe a mitat tiroteig), s'havia deixat posada.

–Va, cotxet, arranca! Arranca, bonic!

Vam sentir que li cantussejava, al cotxe.

I mentrestant, el lladre barrinava amb la clau, les sirenes dels cotxes patrulla sonaven cada cop més a prop.

Quins nervis!

Què fèiem?

Què resultaria més encertat?

Sortíem del nostre amagatall i demanàvem a aquell impresentable que baixés del cotxe de mon germà immediatament? Que a veure què caram s'havia cregut, d'anar robant Seats Trans pel món?

Ah!

Però, i si es negava a obeir les nostres ordres, cosa més que probable?

Llavors què?

L'empreníem a cops de motxilla?

No ho veia gens clar.

Una altra cosa que podíem fer era, tot justament, no fer res i esperar que arribés la policia. Calia no oblidar que aquell tipus duia –com a mínim– una pistola al damunt i que, a més, havia demostrat que la sabia fer servir amb molta eficàcia.

A la fi, i sense dir res per no delatar-nos, vam optar per esperar una mica. Si la Trans trigava un parell de minuts més a arrancar, de segur que els policies l'enxampaven, de segur...

I llavors CRAAAAAASSSSSH!

Encara sort que no vam cridar.

El lladre acabava de carregar-se els vidres de la finestreta d'un cop de pistola i ara disparava des

de la nostra furgoneta amb la mà esquerra, mentre amb la dreta intentava arrancar sense parar amb la clau de contacte.

–Va, cotxet, va! Arranca! Arranca!

Vaig començar a pensar que, allò del vidre trencat, no li faria cap gràcia, al meu germà. I llavors, per a gran horror nostre que continuàvem ajupits darrere dels seients, abraçats a les motxilles, l'oliva amb rodes va decidir fer cas a aquell home que la tractava amb tanta amabilitat i va arrancar:

–Magnífic! Ets una furgoneta meravellosa! La més bonica que he conegut en ma vida! I ara a córrer i a portar-se bé, eh, cotxet? No em falles que ens queden per davant cent vint-i-vuit quilòmetres de fang i revolts fins a l'aeròdrom de Molins Vells!

I no li va fallar, no.

Quan va arribar la policia, trenta llarguíssims segons més tard, vés i busca'ns. La nostra comarca està plena de camins, carreteres i carreteretes que pugen i baixen a finques i granges de tota mena: oliveres, garrofers, ametlers, tarongers, bous, conills, pollastres... Vés i endevina quin camí havíem agafat.

L'únic que sé és que botàvem per la pista forestal més deserta, costeruda i plena de rocs del país, ben bé al mig del no-res, segrestats d'incògnit (ell encara no ho sabia, que ens havia segrestat) per un lladre tronat, amic de fer-la petar amb les Seats Trans de color verd.

14. El MOOOOOOOC! delator

I per primera vegada en la meua vida, vaig pensar que, curiosament, no feia el que volia el Gerard, però tampoc em podria maldar; i no només perquè no estava allà en aquell instant precís, sinó també perquè, en cap moment, no havia parat de fer tot just allò que ell ens havia manat.

Sembla complicat, però no ho és. Ja ho veureu. Ara mateix us ho explico.

El Gerard, abans de sortir a fer fotos, ens havia ordenat al Ferran i a mi que no parléssem i gairebé no havíem parlat. Ens havia ordenat que no ens barralléssem i tampoc ens havíem barallat, al contrari, potser fins i tot ens havíem fet una mica menys enemics. I, per últim, també ens havia manat que no ens belluguéssem ni mig mil·límetre d'allí on estàvem i, fet i fet, nosaltres no ens havíem bellugat gens ni mica. Continuàvem amagats al darrere dels seients, agafats a les motxilles, com els nàufrags s'agafen als troncs.

Era la furgoneta, qui no li havia fet cas i s'havia bellugat. Però ves qui anava a preveure que la furgoneta es bellugaria, per a traure-li les ganes manant-li que no ho fes. A més, les furgonetes no creuen, només són furgonetes, que ara ja sí que m'estic embolicant de mala manera.

I ves qui s'anava a pensar, també, que un dels lladres acabaria robant tot just la Seat Trans del Gerard, amb nosaltres a dins de propina, com si la furgoneta fos un Ou Kínder i el Ferran i jo, la sorpresa.

De totes maneres, el lladre semblava tranquil i content. Havia desplegat un mapa i, mentre conduïa, xiulava una d'aquelles melodies interminables que el Carles (el nostre mestre de música) s'entesta a fer-nos escoltar a classe, que sempre està que si Mozart cap aquí i que si Vivaldi cap allà.

També havia parat de ploure i per la finestra trencada del conductor entrava una oloreta de bosc i terra banyada, que em feia pensar en quan anem tota la família (menys el Gerard, és clar) a buscar rovellons els diumenges al matí; que mai en trobem gaires, però ens ho passem molt bé.

De cop i volta, vaig tornar a posar-me molt trista.

Ara que el Gerard devia estar bé, sa i estalvi; ara era jo, bé, érem el Ferran i jo, els qui estàvem en perill.

I si aquell lladre ens raptava per sempre i no tornava mai més a veure la mare, ni el pare, ni la iaia, ni el meu germà, ni la Vera-Primavera, ni la Pepa-Pipa, ni l'Amadeu, ni el Carles, ni la senyoreta Snow...

Per un moment vaig pensar que l'espifiaria de mig a mig, perquè cada vegada tenia més ganes de plorar, i estava clar que si començava a plorar una altra vegada, el lladre ens descobriria.

Per mirar d'aguantar-me les ganes de plorar, vaig posar-me a mossegar la tapa de la motxilla, però, vaja, tampoc va caldre que la rosegués gaire estona perquè, de cop, al Ferran va entrar-li un atac d'al·lèrgia i va emetre un dels seus MOOOO-OOCS de trompa d'elefant i adéu silenci i adéu segrest d'incògnit.

El lladre, no cal ni dir-ho, va tindre un ensurt de mort. Prou comprensible si tenim en compte que la gent no acostuma a estar avesada a explosions al·lèrgiques de la magnitud de les del Ferran.

Del bot que va fer, va donar un cop de cap al sostre, va amollar un renec grossíssim (més gros que els que amolla el Gerard; un d'aquells que la iaia Enriqueta diu que t'haurien de posar la llengua a remullar amb una barreja de lleixiu amb salfumant) i se li va calar el cotxe.

Llavors, amb molta calma i molta sang freda, va encendre el llum interior del cotxe, va agafar la pistola amb les dos mans i va saltar al darrere, on nosaltres, abraçats a les motxilles, tremolàvem com dos ratolins microscòpics davant d'un gatàs farcit d'urpes i dents.

15. Segrestats i d'incògnit res

–Mans enlaire! Ràpid! –va cridar el gàngster mentre posava cara de no cap amic i ens encanonava amb la pistola.

Nosaltres, espantadíssims, vam deixar anar les motxilles i vam aixecar les mans en menys de mig segon.

Poca broma, amb aquell individu.

Però, de totes formes, l'individu sols ens va apuntar un altre mig segon. El temps just d'adonar-se que només érem una xiqueta amb pigues, un xiquet amb mocs i dos carteres d'escola plenes de llibres.

–Aquesta sí que és grossa! Pot saber-se què redimonis feu vosaltres aquí?

Bona pregunta.

Sí, senyor.

Però s'estava passant de viu.

–Mire, jo més aviat preguntaria què hi està fent vostè, aquí.

Li vaig endossar abans que el Ferran pogués contestar res. Era evident que calia fer-se la valenta i guanyar temps, així que vaig mirar de dissimular tota la por que em pessigava per dins i vaig continuar:

–Aquesta furgoneta que ha robat tan alegrement és la Seat Trans del meu germà gran que, per si no ho sap, és un periodista molt important.

No era veritat, però tant me feia. La qüestió era aconseguir impressionar-lo ben impressionat.

–A hores d'ara, ja deu haver denunciat el robatori i el nostre segrest a la policia i no tardaran gens ni mica a rescatar-nos. A més, de segur que totes les ràdios i les teles del país no han parat de repetir les nostres descripcions i la notícia del nostre segrest. Així que ja ho sap. Si vol arribar sa i estalvi a l'aeròdrom aquell on ha dit abans que volia anar, no sé què d'uns Molins Vells, més li valdria conduir fins al proper poble, alliberar-nos i mirar de robar un altre cotxe.

Després del meu discurs, el lladre es va quedar una bona estona amb la boca oberta i la pistola penjant.

Suposo que tampoc s'ho esperava, que tingués l'assumpte tan rumiat.

O potser és que allò era habitual en ell, pensar amb la boca oberta i la pistola penjant.

No ho sé.

El cas és que vam estar-nos un parell de minuts així, tots tres callats i mirant-nos. I llavors, va tancar la boca un moment i de seguida la va tornar a obrir per mormolar:

–La que em faltava.

I va fer un sospir d'aquells que també fa de vegades l'Amadeu quan ens pregunta on està l'«occipital» i resulta que, segons ell, ja ens ho ha assenyalat més de mil voltes a l'esquelet del laboratori i nosaltres, rucs més que rucs, encara no ens ho sabem.

–Mireu, per començar, res no és el que sembla; així que val més que torneu als seients i us explique una mica de què vaig. Potser estareu més tranquils.

Vaig estar a punt d'interrompre'l per dir-li que nosaltres ja n'estàvem, de tranquils, que més aviat qui s'havia de tranquil·litzar era ell, però el Ferran m'endevinà les intencions i em ventà una discreta colzada, així que vaig deixar que continués.

16. Jordi Canticòrum, presumpte detectiu privat

I així que el Ferran, les carteres i jo vam tornar als nostres llocs inicials, el lladre de furgonetes –que fins que no ens demostrés el contrari, de lladre de furgonetes no passava–, va aclarir-se la gargamella i encetà el seu relat.

El meu rellotge marcava les 19.38 h i la lluna, que ja no estava castigada de cara al núvols, mirava d'apartar-los una mica per fer-se un lloc enmig de la nit.

–Bé, doncs comencem pel començament. Em dic Jordi Miralles, tot i que tothom em coneix per Jordi Canticòrum, i sóc detectiu privat.

Va remenar a la butxaca de dins de la caçadora, en va traure un carnet i el va passar al Ferran.

El Ferran se'l va mirar detingudament, va fer una cabotada afirmativa i me'l va passar.

Jo també el vaig mirar detingudament, però, de cabotada afirmativa, ni parlar-ne.

D'acord, es deia Jordi Miralles i era detectiu privat.

O, potser, a més de la furgoneta del meu germà, també havia robat la documentació d'un detectiu privat anomenat Jordi Miralles, li havia canviat la foto i ara es feia passar per ell.

O, potser, l'havia falsificat tot, de dalt a baix, aquell carnet.

Com veieu, deu anys i un mes vivint amb el Gerard, m'havien ensenyat a calibrar tota mena de possibilitats i a ser molt, però que molt, malfiada. El lema vital del meu germà és: «pensa mal i l'encertaràs» i això, a base d'escoltar-ho, s'acaba aprenent.

Mentrestant, el presumpte Jordi Miralles, àlies Canticòrum, aliè a les meues cavil·lacions, continuà parlant:

–Habitualment no sóc ni dels bons ni dels dolents, sóc dels que millor paguen i punt. Sense preguntes ni escarafalls. Però tot just en aquest cas, sí que faig de bo de la pel·lícula i, a més, debades, sense veure un duro. Així que, us agrairia molt que, de poder ser, no em clavésseu més bastonades a les rodes de les que ja s'han ocupat de clavar-me els, diguem-ne, dolents i us estésseu calladets i sense històries rares durant les pròximes dos hores. D'acord?

I allò era tot?

Ja estava?

Però què es pensava el Jordi Canticòrum?

Que el Ferran i jo ens mamàvem el dit?

I un ramat sencer de corders negres!

–Com a pacte, aquest que ens acaba de proposar no és gens equilibrat –vaig objectar després de rumiar-m'ho una mica.

–Què vols dir?

–Que vostè aconsegueix que nosaltres ens estem callats i que ens portem bé i tot això. Però i nosaltres què, què aconseguim a canvi?

Canticòrum em va mirar com qui veu un fantasma. Per a mi que no estava acostumat a tindre germanes menudes. Vaig continuar explicant-li la situació:

–Si vostè és dels bons com diu, resulta evident que no ens anirà a matar ni a res de semblant, llavors, tornem-hi, què aconseguim el Ferran i jo a canvi de la nostra col·laboració?

–I en què anem a col·laborar exactament, en cas d'acceptar el seu acord? –va puntualitzar el Ferran–. Què es porta entre mans, senyor Canticòrum?

–Això, què es porta entre mans? –vaig repetir.

Si ens contava què era el que estava passant i la història era bona, jo podria vendre la informació al meu germà i llavors ell podria escriure un article boníssim per a *La Veu de la Comarca*. Fins i tot podríem anar a mitges en el negoci, el Gerard i jo.

Canticòrum claudicà:

–Molt bé! Molt bé! D'acord! Us ho explico tot, però, mentrestant vaig conduint cap a l'aeròdrom sense encantar-me, que sinó no seré a temps de res. Vosaltres escolteu i feu bondat. Us va millor, aquest tracte?

–Psé –va atorgar el Ferran.

–Ja pot començar– vaig concedir jo, fent-me la dura.

I núvols avall, dins la Seat Trans, el Jordi Canticòrum amagà la pistola, tornà a ocupar el seient del conductor i arrancà alhora el motor del vehicle i el de la seua història.

Núvols amunt, fora del cotxe, la lluna havia aconseguit finalment retallar-se un finestral de cel, i es gronxava divertida, amollant fils de purpurina entre les branques dels pins. Els tolls del camí semblaven espills i la furgoneta avançava a bots i a estropades, aixafant aquarel·les de nit amb lluna.

17. Embolica que fa fort

I el Jordi Canticòrum posà segona i començà el seu parlament sense aixecar les mans del volant. El Ferran i jo vam obrir les orelles de bat a bat, disposats a no deixar perdre ni mitja paraula:

–Mireu, segurament tot el que vaig a contar-vos us sonarà una mica estrany, però, paraula de detectiu, que és la veritat, tota la veritat, i no res més que tota la veritat.

Apa!

Ja anàvem torts.

Aquell pròleg em va donar una mala espina esmoladíssima.

Quan algú et comença a explicar alguna cosa i, d'entrada, ha d'anar proclamant que tot el que et contarà és la veritat més verídica del món, toca ferro i xiula!

De segur que hi havia marro.

Gats amagats per donar i per vendre.

–Bé, doncs, resulta que em vaig quedar orfe als dos anys. Els meus pares van morir en un accident de trànsit i l'únic parent que tenia i que encara tinc, era i és el meu oncle Miquel, el germà gran del meu pare que era, i és, monjo benedictí.

El Ferran i jo ens vam mirar al·lucinats.

Però què s'empatollava aquell Jordi Canticòrum?

Si en comptes de Canticòrum, s'arriba a dir Pinotxo, el nas ja se li passejaria, almenys, a un quilòmetre per davant de la furgoneta.

–L'oncle Miquel se les va arreglar perquè, fins als sis anys, es fessen càrrec de mi, unes monges benetes i llavors, en veure que tenia bona veu i aptituds musicals, va aconseguir que m'acceptessen a l'escolania d'un dels monestirs.

En resum, que de no tindre pare, vaig passar a tindre tota una orde de pares i, a més, m'hauríeu d'haver vist: als sis anys em passejava pels corredors del monestir com si fossen els passadissos de casa meua. Van ser uns anys fantàstics. Fent una mica de broma, fins i tot diria que van ser divins.

I d'aquella època em ve el malnom de «Canticòrum», me'l van traure els altres escolans perquè em passava la vida amb la cantarella al cap. Des de llavors que sempre m'ha agradat molt més dir-me Canticòrum que no Miralles. Em porta bons records.

Llavors em vaig fer gran i em va canviar la veu. Ja no podia continuar d'escolà. Ser monjo tampoc m'esqueia gaire i, bé, vaig acabar de detectiu privat. Coses pitjors s'han vist.

De debò, que s'havien vist coses pitjors?

No ho sé, no ho sé, que allò era molt gros.

El Sanmocmartín i jo ens l'escoltàvem cada cop més desconcertats.

Anem a pams, que un lladre de furgonetes es

vulga fer passar per detectiu privat, tenia un passe. Però, que a més a més pretengués ser orfe i execscolà, tot al mateix temps, feia de tan mal creure que, fins i tot com a mentida, resultava un nyap.

I, és clar, si una història no és una mentida, llavors és que és veritat.

Però, entre nosaltres, un serial com el que el Jordi Canticòrum ens pretenia encolomar mentre conduïa l'automòbil per aquells caminals, tampoc s'aguantava per enlloc.

Total, que donàvem la volta sencera al rellotge del «si-ho-és-no-ho-és» i bingo!, tornàvem a estar just al mateix lloc on havíem començat a girar i sense tindre ni idea de si tot allò anava de debò o si era l'enganyifa del segle i aquell tipus se'ns estava rifant com uns beneits.

Quin panorama.

18. El manuscrit robat

I el Jordi Canticòrum continuà amb el seu relat:

–Amb els monjos mantinc una relació molt especial. Sempre han estat un punt de referència per a mi, una família, un recer. Mai no s'han bellugat d'allà, del monestir, tothora disposats a escoltar-me i a traure'm de qualsevol embolic.

Bona aquesta!

Ves qui parlava d'embolics.

–I just ara, per primer cop a la meua vida, resulta que estic en condicions d'invertir els papers. Aquesta vegada, ves per on, són ells qui s'han ficat en un embolic de cal Déu i sóc jo qui se'ls ha escoltat i qui s'està jugant la pell per ajudar-los.

Veureu, a la biblioteca del monestir on viu el meu oncle, es guarda una important col·lecció de manuscrits i d'incunables, tots ells d'un valor incalculable.

Les autoritats competents en matèria de patrimoni cultural fa anys i panys que pressionen els monjos perquè cedisquen la col·lecció a algun museu, al·legant motius de seguretat entre d'altres; però ells no n'han volgut saber mai res.

Consideren que són seus i els volen conservar siga com siga. És prou normal. Durant segles, aquells volums han estat custodiats pels monjos i les velles parets del monestir. Formen part de les seues vides. Sobretot, de la del pare Damià, l'arxiver de l'abadia, que porta seixanta anys cuidant-los, estudiant-los i llegint-los.

I, bé, el cas és que fa uns dies, va presentar-se al monestir un presumpte estudiós que aprofitant la bona fe del pare Damià, va sostraure de la biblioteca un dels manuscrits. Llavors, els monjos, esglaiadíssims, van preferir parlar primer amb mi, abans que anar a la policia.

–I per què? Per què no podien acudir a vostè i a la policia alhora? –vaig voler saber.

–Si acudien a la policia, el robatori passaria a ser de domini públic. Seria presentar en safata de plata una raó de pes als de patrimoni cultural per prendre als monjos la custòdia dels llibres. En canvi, si jo aconseguia recuperar el manuscrit discretament, tot continuaria com abans i en això estic: l'he pogut recuperar –us agrairé que no em preguntеu com, no és apte per a menors– i ara està dins d'aquest sobre encoixinat que intento fer arribar a l'aeròdrom de Molins Vells.

Allà he quedat amb un vell conegut que, tot i que no és sant de la meua devoció, és l'únic tipus que conec que disposa d'una avioneta i es lloga de pilot sense fer gaires preguntes. Així que l'he contractat perquè ens porte a França –al manuscrit i a mi–, i ens aterre a un aeròdrom petit que hi ha a tocar d'un altre monestir benedictí.

–I per què te n'has d'anar tan lluny? No seria més fàcil tornar el manuscrit al seu monestir? Al monestir on viu el teu oncle? –vaig objectar amb un arrufament de nas.

–No, malauradament no seria més fàcil. De fet, seria molt més complicat i tampoc vull entrar en detalls. A França estarà ben guardat, fins que passe una mica aquest enrenou i tot s'asserene. Llavors ja trobaré una manera de fer-lo tornar discretament al seu lloc.

El problema és que, els que pretenien fer-se milionaris amb la venda del manuscrit, òbviament, no estan gens contents amb la meua brillant intervenció detectivesca. I per això no han parat d'anar-me al darrere i, fet i fet, de ben poc que no m'enxampen abans, en aquell tiroteig.

Si no arribo a..., «ehem», ...a «prendre prestada» la vostra furgoneta mai me n'hauria sortit. Els lladres deuen haver sortit cap a una altra banda, per evitar trobar-se amb la bòfia i, amb la quantitat de carreteres secundàries i de pistes forestals que hi ha per aquestes contrades, de segur que ells també han aconseguit fugir.

I ara, sí que és cert que, amb vosaltres aquí, tot s'ha complicat una mica; que tothom deu tindre la vostra descripció i la de la furgoneta i que la policia de mig país em deu estar buscant, però tampoc em preocupa gaire.

Per aquests caminals no circula mai ningú. Ben just si hi deuen passar quatre pagesos que hi tinguen les finques.

A més, ningú, tret de nosaltres i el pilot, coneix les meues intencions, així que, la veritat, no m'espero gaires sorpreses.

De fet, amb vosaltres dos ja n'he tingudes prou i massa, de sorpreses. A partir d'ara no me n'espero cap ni una més.

I, dit això, el senyor Jordi Canticòrum va donar per acabades les seues explicacions i va tornar a verificar la ruta al damunt del mapa. Tot li va semblar correcte. Va fer un somriure d'orella a orella i va desar el mapa al seient del costat, al damunt del sobre encoixinat que protegia el valuosíssim manuscrit viatger.

Ell es va quedar més ample que llarg i nosaltres, en canvi, ens les vèiem amb un maldecap considerable.

19. Xiuxiueig

D'entrada, ni el Ferran ni jo dèiem res.

Tots dos donàvem voltes a la història del presumpte Jordi Canticòrum. Com a història, val a dir que era una passada. Més que un robatori, allò semblava un serial dels que es mira la iaia Enriqueta a la tele.

Però, per un altre cantó, també calia considerar que ningú es posaria a explicar un embolic com aquell si no fos veritat. Em sembla a mi que si t'empesques una trola te n'empesques una de més digerible.

–Què trobes?– va preguntar-me el Ferran a cau d'orella, així que el Jordi Canticòrum va tornar a xiular aquella tonada que no s'acabava mai.

–No sé què dir-te. Si fos veritat, tot això que ens ha contat, l'hauríem d'ajudar. Però, i si resulta que és un impostor i que el lladre és ell i els bons són els altres.

–Llavors ficaríem la pota fins al colze. Passaríem a ser còmplices d'un robatori.

–Exactament.

–No ho tenim gens fàcil.

–No.

I, tot d'una, vaig sentir com se'n reia.

–De què te'n rius, tu ara?

–De... que fa un parell d'hores, tu i jo també estàvem fent un manuscrit: un incunable de Coneixement del Medi. Si l'arribem a acabar, qui sap si d'aquí a mil anys tindria un valor incalculable.

Era una pocsucada enorme, però també em va fer entrar ganes de riure.

–Imagina't allà un munt de savis, tots amb ulleres de cul de got i bates blanques, mirant-se les nostres còpies amb gran atenció.

–Bé, si no et sap mal, m'estimo més imaginarme els savis amb bates blanques, però amb ulleres que siguen d'esquiar i color groc.

I llavors, de primer vaig riure, pensant-me que només era una broma; però després em va entrar moltíssima vergonya.

–A mi també m'agradaven les teues ulleres, saps? –vaig confessar molt fluixet i sense mirar-lo–. Les he trencades de la ràbia que em donava saber que no me les deixaries emprovar perquè mai ens hem fet amics. Ara em sap molt de mal. Si vols, puc donar-te els diners que tinc a la vidriola. No sé si en tinc gaires, però si n'hi haguessen prou, potser podries comprar-te unes ulleres noves.

–No m'has de donar cap diner –va amollar tot digne.

Ha!

M'ho havia d'haver pensat!

Típic Sanmocmartín i Santaeulàlia del Puig!

Mira que oferir-li, tot just a ell, a Míster Milionetis en persona, la meua esquifida vidriola.

Però que burra que era!

Les orelles m'haurien d'arribar als núvols.

I quan ja m'estava penedint ben penedida d'haver-me disculpat, vaig sentir que afegia:

–Jo també sento haver-te pegat aquella bufetada tan bèstia, Marta. No ho havia d'haver fet mai.

I res, que llavors vaig penedir-me d'haver-me penedit de penedir-me i tots dos vam quedar-nos una bona estona callats com estàtues i sense mirar-nos, l'un a l'altre, per a res del món. Tant a ell com a mi ens feien molta vergonya les nostres malifetes i també ens feia molta vergonya haver-nos disculpat.

Per dissimular una mica, guaitàvem cada un per la seua finestreta, tot i que a fora no passava absolutament res d'interessant. I també ens escoltàvem la tonada que xiulava el Jordi Canticòrum, que, per cert, sí que devia tindre un cabàs d'aptituds musicals perquè, tot i la vergonya, la temor que havíem passat, l'embolic de la història del detectiu i els bots que donava la furgoneta, resultava bonic sentir-lo xiular.

Va ser uns quants bots més enllà, quan el Ferran se'm va aproximar i em va xiuxiuejar:

–Escolta, Marta, crec que tinc un pla. Ja sé com ho podríem arreglar, això del manuscrit. Tant si el Jordi és dels bons i tot el que ens ha contat és veritat, com si és dels dolents i tot era una mentida podrida, podríem...

20. I, a la fi, qui se la juga? Jo

I quan m'ho anava a explicar, va el Canticòrum i, sense girar-se, para de xiular i ens anuncia:

–Gent menuda, molta atenció! Un parell de quilòmetres més i arribarem a l'aeròdrom.

L'havíem feta bona.

Amb la d'hores que portàvem botant per aquelles pistes, aquell aeròdrom dels trons ja podria haver estat una mica més enllà, no?

–Ostres, Marta! –es va queixar el Ferran–. No hi ha temps per explicar-t'ho i ja sé que et caic fatal, però podries confiar en mi, ni que només fos aquest cop?

Vaig mirar-lo als ulls.

La veritat és que no recordava haver-ho fet mai abans, com que li tenia tanta mala mania.

Llavors es va traure un kleenex de la butxaca dels texans i es va mocar, com sempre feia. Quan va parar de mocar-se, encara no sé ben bé per què, però li vaig dedicar un somriure ben gran i li vaig dir que sí, que sí que hi confiava.

–Perfecte. I ara, m'has d'escoltar atentament que ve la part més arriscada del pla: has de fer veure que t'has marejat com una sopa i que estàs a punt de vomitar. Va! Ja pots començar.

–Però si jo no estic gens marejada. Si, de fet, no em marejo mai. A més, tampoc tinc ganes de vomitar. Com vols que ho faça?

I llavors, el molt cuc fastigós, va agafar el kleenex que acabava de fer servir per mocar-se i va col·locar-me'l –ple de mocs babosos i horripilants– a menys de mig mil·límetre de la boca.

De poc que no em defunciono:

–EGGGGSSSS!

–Què us passa? –va cridar el Jordi mentre clavava el fre del cotxe fins al fons.

–És la Marta, que està a punt de vomitar.

–Doncs, aguanta una mica. Ja vomitaràs a l'aeròdrom.

–AARRRRGGGSS!

–Jo de vostè parava ara mateix, que aquesta es troba fatal. I no veu que la té just al darrere, si no para, encara acabarà vomitant-li al clatell.

I prou empipat, el Jordi va parar el cotxe i va baixar a obrir la porta del darrere que, com sempre, s'havia encallat.

Jo vaig sortir més blanca que una aspirina descolorida, part pels fàstics dels mocs del Ferran i part per la temor a no fer-ho prou bé i que el Canticòrum s'adonés que aquell mareig era una presa de pèl.

Vaig fer veure que vomitava aguantant-me a un arbre i, de reüll, vaig clissar com el Canticòrum es perdia entre uns matolls –a pixar, suposo– i com el Ferran barrinava alguna cosa per dins del cotxe, però no ho vaig poder distingir prou bé com per saber què feia.

–Què, ja estàs millor?– em va preguntar el detectiu, per sort, sense atansar-se.

–Sembla que fa més bona cara– va opinar el Ferran des de la finestreta de la Trans i jo vaig interpretar que allò devia ser una mena de contrasenya i que, fos el que fos allò de tan secret que havia de fer, potser ja ho havia enllestit.

–Sí –vaig mormolar caminant cap a la porta de la furgoneta–. Ja em trobo millor, però, de totes maneres, procure conduir amb una mica més de compte i no fer tants de bots, d'acord?

–No fer tants de bots, amb aquesta cafetera amb rodes i per aquestes pistes? –va exclamar-se el Canticòrum–. Noia, tu demanes la lluna.

I jo, des de dins de la cafetera amb rodes i botant per aquelles pistes, vaig quedar-me-la mirant una bona estona, la lluna, i la vaig trobar preciosa. Semblava un tall de meló que esquitxés llum per entre els núvols i els arbres. Ja m'hauria agradat demanar-me-la per al meu proper aniversari, o per als Reis. Ja ho crec que sí.

–Molt bé, Marta! Ho has fet molt bé!– em va felicitar el Ferran a cau d'orella. I aprofitant que de l'orella a la galta no hi ha res i que estava desprevinguda, em va fer una besada menuda, menudíssima a la mateixa galta on no feia ni tres hores m'havia clavat la megacleca del segle.

Crec que encara em vaig fer més roja del petó que de la bufetada. Sort que era de nit i que no ho va veure ningú de la classe que sinó me moro allà mateix.

I encara em va semblar que volia comentar-me alguna altra cosa, però ja no va tindre temps.

Tot just llavors, vam arribar a l'aeròdrom de Molins Vells i, des d'aquell moment, res, però és que res, va rutllar com el Canticòrum havia pronosticat.

21. Molins Vells

L'aeròdrom de Molins Vells venia a ser una mena de clariana al mig del bosc, amb unes runes molt fetes pols a la dreta (els molins, més aviat decrèpits que vells) i una avioneta platejada al final de l'esplanada a l'esquerra (la que havia de fer passar la frontera al Jordi Canticòrum i al seu estimat manuscrit).

–Ja hi som!– va sospirar el detectiu–. I ara, vull que m'escolteu amb molta atenció.

Tots dos vam mirar de fer-ho.

–D'aquí a un parell de minuts sortiré cap a l'avioneta i us haureu de quedar una bona estona sols, però no heu de patir per res. Tan aviat com ens enlairem, jo mateix avisaré la policia perquè comuniquen als vostres pares que esteu bé i perquè us vinguen a buscar. L'únic que heu de procurar és no posar-vos nerviosos, no fer cap rucada i sobretot, sobretot, no bellugar-vos ni mig mil·límetre d'aquí, entesos?

Vam fer que sí amb el cap. Però, a mi, no sé per què, em va semblar que aquella frase em sonava d'alguna cosa. Com si l'hagués sentida en algun altre lloc, no fes gaire, i, curiosament, en comptes de fer-me sentir millor, l'únic que havia aconseguit era posar-me més neguitosa.

Abans de marxar, el Canticòrum encara va traure's de la caçadora un tros de paper i un boli i gargotejà el número d'un telèfon mòbil:

–Per si mai us cal un detectiu privat. En aquest telèfon sempre us podran dir com fer-ho per posar-vos en contacte amb mi. Sou una parelleta ben eixerida. No em faria res saber de vosaltres de tant en tant.

Ens va donar el paper i ens va fer adéu amb una mà mentre amb l'altra agafava el famós sobre encoixinat.

En veure'l sortir del cotxe cap a l'avió, vaig quedar-me una mica descol·locada. Em considero

prou valenta, per a una xiqueta de deu anys i un mes, però us asseguro que haver-se d'estar allà, enmig del bosc, amb el Ferran Sanmartín per tota companyia i protecció, no era cap ganga.

A més, encara continuava pegant-li voltes a la frase aquella que «no ens belluguéssem ni mig mil·límetre d'allà on érem». On l'havia sentida abans?

Diràs que estava tota l'estona a punt de recordar-me'n i tanmateix no ho aconseguia. Cada cop estava més nerviosa. Sempre em poso molt desficiosa quan estic a punt de recordar alguna cosa i la tinc a la punta de la llengua, però no m'acaba de sortir.

També m'havia deixat prou parada que el detectiu ens hagués tractat, al Sanmartín i a mi, de «parelleta eixerida».

El Ferran i jo, una parelleta?

I què més!

Si quan feia de detectiu –cas que ho fos– era igual de perspicaç la duia clara, pobre home. Més li valia tancar el despatx i posar una parada de xurros.

22. No sempre es pot guanyar

I allà estava, rumia que rumiaràs, quan de sobte, un parell de ratxes de llum, van enlluernar el Jordi que no s'havia separat ni vint metres de la furgoneta i vam veure com un parell de tipus d'aspecte gens recomanable l'apuntaven amb una pistola.

–Fi del trajecte, Canticòrum! Ja has viatjat prou! –va tronar un d'ells–. I ara, si vols sortir-te'n d'aquesta tan viu com hi has entrat, ja m'estàs deixant el sobre i la pistola a terra, a poc a poc i sense invents.

–Els dolents, Marta! Són els dolents!

El Ferran, de vegades, és desesperant.

–Sí, home, sí. Ja ho veig que són els dolents.

I, de cop i volta, vaig sentir-me molt malament, de pensar que el Jordi Canticòrum havia jugat net tota l'estona, que era el bo de la història i que nosaltres, en canvi, ens havíem passat tot el viatge dubtant d'ell.

Fa de mal entomar, quan t'adones que has ficat la pota fins al colze i que, a mes, és massa tard per arreglar-ho. Així que mentrestant jo m'omplia de remordiments còmodament arrepapada dins la furgoneta, el nostre detectiu havia deixat a terra el sobre i la pistola i tornava a aixecar-se molt lentament. Les siluetes del tres hòmens es retallaven a la clariana del bosc com un espectacle d'ombres xineses.

–Bon nano! I ara camina cap al meu soci, sense presses i sense trucs.

La Mare de Déu de l'Ensurt Gros! No vulgueu saber la pinta de paral·lelepíped que gastava el soci. Una piconadora amb vestit, sabates i barret, s'hauria vist poca cosa i esquifida, al seu costat.

Pobre Jordi, més aviat baixet i fideuístic, a la vora d'aquell gàngster, és que ni se'l veia. No en feia ni la tercera part. Aquella massa gangsterígena l'anava a esmicolar d'un moment a l'altre, es-

tava cantat, però ves què podíem fer-hi, el Ferran i jo, des del cotxe.

I justa la fusta. A la que el detectiu va estar prou a mà, el gàngster mida elefant li va ventar un mastegot a l'estómac que el va deixar estès a terra, llarg com un abadejo.

A mi em va vindre molta por i em vaig tapar els ulls. Bé, me'ls vaig tapar molt, però no del tot, i vaig veure com el Ferran també se'ls tapava. I tot just llavors van començar a sonar un altre cop les sirenes d'un munt de cotxes patrulla de la policia que acudien a l'aeròdrom alertats per un pagès que havia anat al tros a donar de menjar als gossos (això ho vam saber bastant després, però jo us

ho conto ara). Resulta que, en sentir un motor, ho va trobar estrany i com que per la ràdio no paraven d'explicar el nostre segrest, va tornar a casa, va decidir avisar la policia, per si de cas. Visca el pagès!

Tot i que les sirenes de la policia encara devien estar lluny, els dolents van deixar el Jordi a terra, van recollir el sobre precipitadament i van marxar cames ajudeu-me cap a l'avioneta que va enlairar-se en un tres i no res.

I llavors, sí que el Ferran i jo no ens vam poder aguantar més i vam sortir disparats a tota velocitat cap al detectiu que diràs que començava a refer-se del cop.

–Ep! Jordi! Jordi! Estàs bé?

El Jordi es fregava l'estómac i mirava d'obrir i tancar la boca. Semblava un peix de colors boquejant, perdut a fora de la peixera.

–Que si estic bé? Què voleu que us diga? –feia cara d'estar fatal–. He estat millor altres vegades.

–Però com pot ser que els dolents hagen arribat abans que nosaltres? –Jo estava molt empipada–. Com és que sabien que veníem cap aquí? Si ens havies dit que era el teu secret, que no ho sabia ningú més.

–El meu secret i el del pilot, no ho oblides, Marta. Està prou clar que el pilot s'ha canviat de bàndol. De segur que ha estat ell qui els ha avisat. Això si el molt Judes no s'hi entenia de bon començament. Se m'han ben rifat.

–Quina ràbia!– vaig comentar.

–Et fa molt de mal? –va demanar el Ferran canviant de tema.

–Prou, però què hi farem. Més mal em fa haver perdut el manuscrit –i el Canticòrum va fer un esforç per aixecar-se del terra–. És evident que, en aquesta vida, no es pot guanyar sempre.

–Home, sempre, sempre potser no es pot guanyar –va concedir el Ferran–. Però, ves per on, aquesta vegada en concret sí que ho has fet. Bé, sí que ho hem fet. Aquesta vegada hem guanyat, els tres.

–Què, què, què vols dir? –va quequejar el Canticòrum amb cara de no entendre ni un cap de fava.

23. De debò, que no sempre es pot guanyar?

I abans que els cotxes de la policia arribessen a l'aeròdrom, el Ferran va sortir corrents cap a la furgoneta i va tornar al nostre costat amb la motxilla d'escola a l'esquena.

–Vull dir que, com que no hi havia manera d'estar segurs de si eres dels bons o dels dolents, la Marta ha fet veure que es marejava i, mentre éreu fora del cotxe, jo he canviat el teu manuscrit únic, irrepetible i caríssim, pels meus llibres de Matemàtiques i de Coneixement del Medi que d'únics i irrepetibles no en tenen res. Són exactament iguals als dels altres xiquets de la classe. Però, per sort, també cabien dins del sobre encoixinat i pesaven si fa o no fa exactament igual que el manuscrit.

–Que has fet què? –el Canticòrum no s'ho acabava de creure i, la veritat, a mi també em costava d'assimilar que l'eximbècil del Ferran hagués pogut tindre una idea tan rebona.

–Que els he canviat i que els gàngsters tindran un ensurt de mort quan buiden el sobre i es troben els meus llibres que no valen cap fortuna en comptes del manuscrit; que per cert, aquí el tinc.

I amb molta cura, el va traure de dins de la motxilla.

El Jordi i jo estàvem ben al·lucinats. Però la sirena de la policia sonava una altra vegada cada cop més a prop i no ens podíem encantar. El Ferran va donar el manuscrit al Jordi i el Jordi ens va fer una ganyota molt divertida abans de sortir corrents a «prendre prestat» un dels dos cotxassos que els gàngsters havien «oblidat» en agafar l'avioneta. Si volia ajudar els monjos i mantindre en secret l'assumpte del robatori del manuscrit, havia de fugir abans que no arribés la policia.

Jo em vaig quedar un instant embadalida mirant com el Canticòrum marxava pista amunt i llavors vaig tornar allà on ens havíem quedat i vaig arribar a la conclusió que el Ferran havia estat genial i que tenia ganes de recompensar-lo d'alguna manera.

–Escolta, Ferran, com que t'has quedat sense llibres, i fins que te'n compren de nous, per què no véns a casa meua a fer els deures? Si vols, pots començar a vindre demà mateix. Els dissabtes, la iaia Enriqueta fa flams, uns flams boníssims, res a veure amb els del súper, i, a més, de segur que el Gerard ens ensabonarà com un boig perquè li contem què ens ha passat aquesta nit. Li sortiria un article de primera.

–Més que un article, li sortiria una enciclopèdia –precisà el Ferran.

–O una novel·la. Estaria bé, no trobes? Ens faríem famosos.

–Sí, ja veus! Quines ganes que tothom s'assabente de la bufetada que t'he pegat abans.

–Ostres! És veritat, i que t'he trencat les ulleres d'esquiar i que, quan no em queies bé, en comptes de Sanmartín et deia Sanmocmartín.

–Que em deies què? –bramà el Ferran carregat de no gens bones intencions.

I llavors –uf!– sort en vaig tindre que, finalment, van arribar els cotxes patrulla i, és clar, davant dels policies no anàvem a barallar-nos una altra vegada.

Així que, en lloc d'emprendre'ns a esgarrapades i cops de puny com hauria estat el procediment habitual en similars circumstàncies, i per dissimular una mica, ens vam posar a xiular junts aquella melodia inacabable que sempre xiulava el Jordi Miralles àlies «Canticòrum», detectiu privat.

I així ens van trobar els agents: un xiquet (amb mocs) i una xiqueta (amb pigues), tots dos en perfecte estat físic, a dins d'una Seat Trans en un estat físic bastant deplorable, i xiulant a duo la Suite del Trencanous de Txaikovski[1].

Ja ens barallaríem un altre dia.

O potser no.

Potser acabàvem per fer-nos amics i ja no calia que ens barralléssem més.

Vés a saber.

Potser serem d'aquests amics que sempre s'estan barallant.

O potser encara acabarem sent la parelleta eixerida que havia pronosticat el Jordi Canticòrum.

No ho sé, no ho sé.

La veritat és que fa de molt mal dir.

I vosaltres, com ho veieu?

[1] Òbviament ni el Ferran ni jo sabíem que la peça s'anomenés «Suite del Trencanous», ni que l'autor fos Txaikovski, però, el dilluns següent, la vam xiular al Carles, el nostre mestre de música, i va ser ell (com no!) qui la va identificar a la tercera nota.
De totes maneres, per més Trencanous i més Txaikovski que fos, i per més anys que passen i més grans que ens fem, per a nosaltres dos, aquella melodia sempre serà la tonada del Jordi Canticòrum i el seu manuscrit viatger.

Índex

ESTRELLA RAMON

Estrella Ramon va néixer a Tortosa l'any 1964. Explica que quan era petita passava les vacances a la vora del mar, a Alcossebre, amb caixes i caixes de llibres per a llegir. Potser d'això li vénen les ganes d'inventar-se històries, de les quals n'ha publicat un bon grapat.

Durant el curs, treballa de mestra d'educació musical i, a l'estiu, volta amunt i avall impartint cursets de didàctica de la música.

Aquest llibre s'ha acabat d'imprimir el mes de setembre del 2007 als tallers gràfics Huertas, S. A., Fuenlabrada (Madrid).